LA CASA DE MUÑECAS DE GABBY

La Casa de Mu... mezclada

Adaptación de Violet Zhang

Originally published in English as *Gabby's Dollhouse: Mixed-Up Dollhouse*

DreamWorks Gabby's Dollhouse © 2023 DreamWorks Animation LLC. All Rights Reserved.

Translation copyright © 2023 by Scholastic Inc.

ISBN 978-1-338-89681-7

10 9 8 7 6 5 4 3 2 1   23 24 25 26 27

Printed in the U.S.A.   40

First Spanish printing, 2023

Book design by Salena Mahina

Scholastic Inc.

Gabby sacó una gatástica entrega para la Casa de Muñecas del Buzón Miau Miau. ¡Era un globo de purpurina con la Casa de Muñecas adentro! Pero...

¡Todo en esa Casa de Muñecas estaba fuera de lugar! El techo estaba en el suelo, las orejas, a los lados... y cuando Gabby agitó el globo se oyeron unos ruidos raros.

—Parece que está rota —dijo Gabby.

Pero cuando miró la Casa de Muñecas *real* se dio cuenta de que también allí todo estaba patas arriba. Gatirena y la bañera estaban en el cuarto de música.

—Eso no va ahí —dijo Gabby.

—Más vale que entremos y lo arreglemos —le dijo Gabby a Pandy—. ¡Es hora de reducirnos!

Gabby se puso su diadema mágica y entonó su canción especial, la que los reduce para poder entrar a la Casa de Muñecas.

En el cuarto de música, Gatirena estaba muy molesta.

—¡Menos mal que están aquí! —dijo—. Me iba a dar un baño cuando escuché unos ruidos raros y... ¡puff! ¡De pronto me vi en otro lugar!

DJ Musicat se acercó entonando un tema muy chévere. Se detuvo en cuanto vio la bañera.

—¿Una bañera en el cuarto de música? —dijo—. Qué buena onda.

—Creo que sé lo que pasó —explicó Gabby—. ¡Agité este globo de purpurina y todo se mezcló!

—¡Ay, no! ¿Cómo vamos a arreglarlo? —preguntó Pandy.

—Pandy, ¡no te preocupes! ¡Ya hallaremos la manera! Mientras, llevemos la bañera al baño —dijo Gabby.

Entre todos trataron de levantarla, pero era muy pesada.

—A veces algo de música hace que se me ocurran ideas nuevas —dijo DJ Musicat, y tomó la tuba y se puso a tocar.

—¡Qué tonada tan burbujeante! ¡Me encanta! —dijo Gatirena, ¡y enseguida se le ocurrió una idea!

—Ya sé cómo resolver este problema con ciencia del spa —dijo Gatirena, y se sacó algo del bolsillo—. ¡Usemos mis burbujas de viaje!

Con el permiso de DJ Musicat, Gatirena sopló unas burbujas dentro de la tuba.

Cuando DJ Musicat volvió a tocar, ¡del instrumento salieron burbujas enormes!

Las burbujas se pegaron a los lados de la bañera. Gabby, Pandy y Gatirena se metieron adentro y las burbujas alzaron la bañera.

—¡Estamos flotando! —dijo Gabby.

—¡PATÁSTICO! —dijo Pandy mientras volaban rumbo al baño.

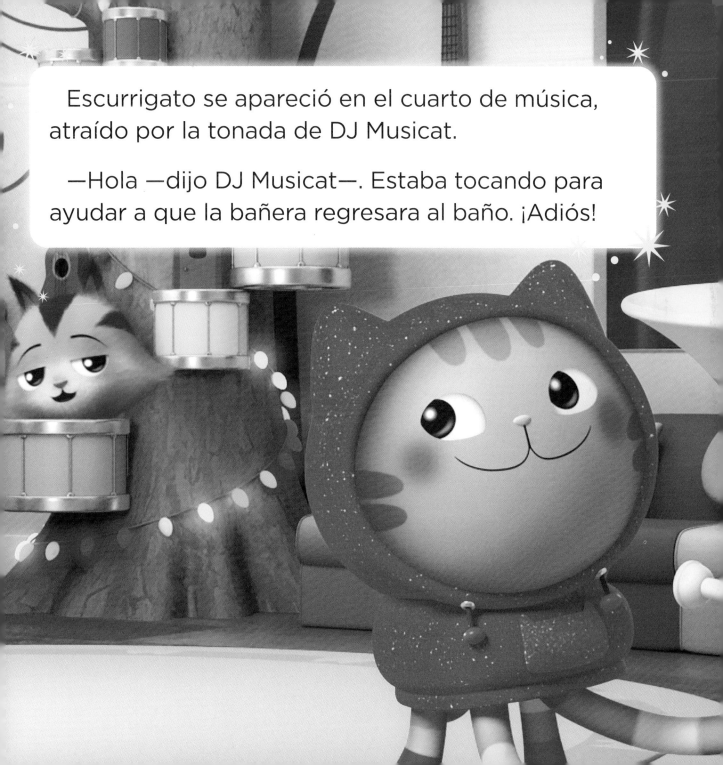

Escurrigato se apareció en el cuarto de música, atraído por la tonada de DJ Musicat.

—Hola —dijo DJ Musicat—. Estaba tocando para ayudar a que la bañera regresara al baño. ¡Adiós!

En ese momento, algo brillante llamó la atención de Escurrigato. ¡Era el globo de purpurina con la Casa de Muñecas mezclada! Gabby lo había olvidado allí.

—Oh, el brillo es lo mío —dijo Escurrigato.

Mientras tanto, en la cocina, Pastelillo decoraba unas galletitas.

—¡Chispas, chispas, chispas! —cantaba.

—Voy de pasada —dijo Escurrigato entrando en la cocina.

Escurrigato analizó de cerca el globo.

—Creo que está roto —dijo, y lo agitó al salir de la cocina.

Pastelillo escuchó unos ruidos raros y la cocina se llenó de chispas brillantes.

—Gabby y Pandy, ¡vengan a ayudarme! —gritó Pastelillo.

Gabby y Pandy corrieron a la cocina y soplaron las chispas que cubrían a Pastelillo.

—Escurrigato pasó por aquí con un globo de purpurina y luego oí unos ruidos raros —explicó este.

—Ay, no —dijo Gabby—. Escurrigato seguramente encontró el globo con la Casa de Muñecas mezclada y lo agitó. Tenemos que encontrarlo, pero ¡primero te ayudaremos a limpiar!

Barrieron las chispas hasta formar una pila. Gabby pellizcó una oreja de la diadema mágica y las paredes de la cocina se cubrieron de galletitas. Todos soplaron a la vez y las chispas volaron hacia las galletas.

—¡Cuántas chispitas! —dijo Pastelillo.

Gabby y Pandy dejaron a Pastelillo y salieron en busca de Escurrigato. Escucharon un ruido en el cuarto de las manualidades.

—¿Escurrigato? ¿Qué te pasó?

—Que alguien me ayude —gimió el gato, que ahora era de cartón.

—Hum, quizás si arreglamos el globo, podremos ayudar a Escurrigato —dijo Gabby.

—¡Qué idea tan gatástica! —dijo Bebé Caja; desarmó el globo de purpurina y buscó un plano de la Casa de Muñecas.

—Solo tenemos que armarlo de nuevo —dijo Bebé Caja.

—¡Como un rompecabezas! —dijo Pandy.

Entre todos armaron la Casa de Muñecas pieza por pieza, pero Escurrigato seguía con el mismo aspecto.

—Creo que debemos intentar otra cosa —dijo Gabby—. Digamos todos juntos: ¡Agita, agita, agita!

¡Escurrigato volvió a la normalidad!

—¡Soy el mismo de antes! —dijo—. ¡Ay, cuánto me extrañé a mí mismo! Gracias, gatos de Gabby.

Todos se reunieron en el cuarto, y Pandy agitó el globo de purpurina una última vez.

—Miau-sombroso —dijeron al ver como caía la purpurina como nieve.